La casa adormecida

Audrey Wood

ilustrado por Don Wood

traducido por Alma Flor Ada y F. Isabel Campoy

Houghton Mifflin Harcourt

Boston New York

www.hmhco.com

The original paintings were done in oil on pressed board.
The text is Clearface Roman.

This is a translation of *The Napping House*.

Library of Congress Cataloging-in-Publication Data
Wood, Audrey.
[Napping house. Spanish.]
La casa adormecida/Audrey wood; ilustrado por Don Wood;
traducido por Alma Flor Ada y F. Isabel Campoy.
p. cm.
"Libros Viajeros."
Summary: In this cumulative tale, a wakeful flea atop a number of
sleeping creatures causes a commotion, with just one bite.
[1. Sleep—Fiction. 2. Fleas—Fiction. 3. Spanish language materials.]
I. Wood, Don, 1945— ill. II. Ada, Alma Flor.
III. Campoy, F. Isabel. IV. Title.
[PZ73.W65 1995] 95-1754

ISBN: 978-0-15-256708-8 hardcover
ISBN: 978-0-15-200053-0 Spanish edition paperback

Manufactured in China
SCP 30 29 28 27 26 25 24
4500470130

Para Maegerine Thompson Brewer

Hay una casa,
una casa adormecida,
donde todo el mundo está dormido.

Y en esa casa
hay una cama,
una cama calentita
en una casa adormecida,
donde todo el mundo está dormido.

Y en esa cama
hay una abuela,
una abuela llena de ronquidos
en una cama calentita
en una casa adormecida,
donde todo el mundo está dormido.

Y sobre esa abuela
hay un niño,
un niño que está soñando
sobre una abuela llena de ronquidos
en una cama calentita
en una casa adormecida,
donde todo el mundo está dormido.

Y sobre ese niño
hay un perro,
un perro amodorrado
sobre un niño que está soñando
sobre una abuela llena de ronquidos
en una cama calentita
en una casa adormecida,
donde todo el mundo está dormido.

Y sobre ese perro
hay un gato,
un gato soñoliento
sobre un perro amodorrado
sobre un niño que está soñando
sobre una abuela llena de ronquidos
en una cama calentita
en una casa adormecida,
donde todo el mundo está dormido.

Y sobre ese gato
hay un ratón,
un ratón rendido
sobre un gato soñoliento
sobre un perro amodorrado
sobre un niño que está soñando
sobre una abuela llena de ronquidos
en una cama calentita
en una casa adormecida,
donde todo el mundo está dormido.

Y en ese ratón
hay una pulga . . .

¿Será posible?
Una pulga despierta
en un ratón rendido
sobre un gato soñoliento
sobre un perro amodorrado
sobre un niño que está soñando
sobre una abuela llena de ronquidos
en una cama calentita
en una casa adormecida,
donde todo el mundo está dormido.

Una pulga despierta
que pica al ratón,

que asusta al gato,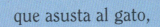

que araña al perro,

que cae sobre el niño,

que sobresalta a la abuela,

que rompe la cama,

en la casa adormecida
donde ya nadie está dormido.